U0047291

let's talk about

LOVE

談戀愛 #簡單啦

JIA&YEH的愛情五四三

圖文 —— jiajiach

[Let's talk about love 00] by Jia

Hi　大家好，
我是 jiajiach 小妹妹，雖然在寫下這些字句時我已經是個太太。

先來跟大家談談這本書為何而來：

我很幸運在大學時認識了一個男孩，這男孩滿帥也滿幽默（我只能如此膚淺的先帶過畢竟這裡只是前言），後來變成了男朋友，然後一直到現在剛變成老公（我是不會主動暴露歲數的，大家就自個兒發現大學到現在到底多久了吧姆哈哈哈）。而在我們談戀愛的過程中，因為這位哥我得到了很多會心一笑和各種五四三的靈感。既然我是畫畫的人，這些感受就開始被我用圖文記錄下來。

殊不知畫著畫著，就不小心結婚了～於是乎，藉著結婚這個世俗的里程碑，這段談戀愛談到結婚的日子裡所累積起來的圖文，在此集結成冊，欲以紙本的樣貌把「談戀愛」的溫度傳遞出去！（雖然這本書裡完全沒有畫到戀愛初期以及求婚之後，但若大家捧場賣得很好很想要再看，出版社就會很開心地來找我出續集，我也只好羞赧地答應。）

那麼這本書又希望能帶著大家去往何方呢？

我記得我問過這位哥，說不知道我們的愛情故事如果被拍成電影會怎樣？他的回答非常令人心痛雖然也是一點一語道破：「應該超級無聊的吧。」這也是為什麼我只好用畫的。唉唷～不～是～啦～我說啊就是因為在無聊中，驚喜才有機會變成驚喜呀（不管好的壞的）～有個人陪伴著一起在平凡生活中，體驗和製造一些不平凡，不是挺好的嗎？

雖然本書是在講我和這位哥的愛情五四三（補充一下我們吵架也是沒有在客氣的，但因為一定都太無聊太太我根本不想記也懶得畫），但我想愛這個東西，應該是需要靠一輩子去感受和學習的事，我和他以及大家都還在路上。所以這本書絕對沒有辦法讓你看完就婚姻更幸福美滿，突然很會談戀愛或是馬上遇到好姻緣，但絕對是充滿希望，希望 Jia（也就是我） 和 Yeh（也就是這位哥） 這兩位主角的五四三能暖您心逗您笑（和閃您眼）：)

jiajiach.

About Jia

170 —

和 Yeh 本來是情侶，
現在是夫妻。

170公分，
因為 Yeh 不高所以都不用穿高跟鞋，
覺得開心（怕他傷心）。

中文是母語但中文不好；
留過英但英文也退化到不好，
所以最擅長用畫畫和世界溝通。

覺得人類終究會滅亡，但能畫就會繼續畫。

就是位冷靜的老靈魂少女。

About Yeh

和 Jia 本來是情侶，
現在是妻夫。

172公分，
如果 Jia 穿高跟鞋比他高他很得意，
因為很帥（把到比自己高的妹子）。

中文不錯；
為了 Jia 當完兵也去留英，
英文好不好見仁見智。

致力成為一條斜線（Try to be a Slash.）。

就是位幽默的金句一哥。

目錄│Contents│

[Let's talk about love 01] #動物趴

新年快樂。

想必各幫親朋好友們都不免俗有一些跨年 party dress code 小巧思，
我這邊得到的指令是：

「 動物趴 」

在窮途末路之時在家發現了一雙豬耳朵，
就很認真的為了扮一隻豬配了一身的豬色。
想說與會朋友都是性感變裝老手，
那我就走一個上的了台面但又不失為一隻豬的蝦趴豬好了。

殊 不 知，

大家完完全全沒有在走性感這路，
是很認真會穿隻完整有刺的蜜蜂在身上那種。

我這隻豬於是被大大的被數落一番，
甚至淪為什麼帶髮哭亂入的鄰居A這樣。

但，
大家靜下心來仔細看，
怎麼樣我都比旁邊那位哥好吧！
他扮豬但放隻斑馬在身上耶像話嗎？

像話嗎？！

祝大家新年快樂，年年行豬運。

＝ ＝ ＝ ＝ ＝

Happy new year to everybody.

Our party dress code is : ANIMAL.
And we are the worst dressing couple according to my friends.

let's talk about
LOVE

[Let's talk about love 02] #牽手

有男朋友（或曾經擁有過男朋友）的女孩子們，

牽牽看（或回想看看）男友（或前男友）的手，

如果從前面往後面牽下去的話，

真的是

超

彆

扭

的

好奇怪喔～

男孩子們就把上述男女字顛倒一樣也可以玩，

真神奇。

＝ ＝ ＝ ＝ ＝

The magic of boy and girl holding hands.

[Let's talk about love 03] #你不懂啦

通常如果在溝通或是吵架時使用上：

「 你不懂啦！ 」 這句話，

其實還滿有風險的。

畢竟就是彼此不懂才需要溝通或是才會吵架罵～
此句實為傷人話術中之 殺 手 鐧 。

好啦，

雖然我個人並沒有受經痛所苦，
但還是會跟著好朋友的到來身心有所起伏的。

Yeh 有次不知怎樣在問月經怎樣，
老娘一股衝就說了「 你不懂啦！ 」
一說心想不妙我竟～然～用～了～殺手鐧～！
還在有點愧疚不知下一步該如何挽救的同時，

Yeh： 「 嗯，我真的不懂。 」

真是讓人鬆口氣。

請男人們體諒經期到來情緒不穩不易喜易怒的女孩子們唷～啾。

＝ ＝ ＝ ＝ ＝

Couple supposed to communicate with each other,
in order to know how he/she thinks and feels.

However,
" You have no idea " is the sentence that really suits for the period issue.

Hey boys, thanks for your understanding.

let's talk about

LOVE

[Let's talk about love 04] #等一個人咖啡

是這樣的，

那天我倆小倆口莫名的要去看（我沒有很想看的）《 猩球崛起 》；
等一個人咖啡只有海報還沒有上映。

應該是我要去上廁所之類的，
於是就問 Yeh 那我們等等該怎麼碰呢～

Yeh：「 我在等一個人咖啡等你。 」

我覺得好～幽～默～喔～

希望大家都能在等一個人咖啡等到你的他/她和咖啡唷！

＝ ＝ ＝ ＝ ＝

A Taiwanese movie :

Cafe. Waiting. Love.

FYI : D

let's talk about

LOVE

乖喔！

[Let's talk about love 05] #上輩子的情人

現在只要是週末似乎都是好日子，

千千萬萬人都在結婚。

和 Yeh 一同參加了一場婚禮，

正值新娘被她爸帶進場的時刻，

主持人就附帶一提的感覺說出「 女兒是爸爸上輩子情人 」一話，

接著，敝人男友說話了：
「 那你（也就是我）就是我下輩子的女兒耶！要乖喔〜 」

雖然花了一點時間釐清這個邏輯，

但當醍醐灌頂之時，
發現真〜的〜耶〜

於是我又畫下來了。

= = = = =

There is a Chinese proverb says that daughter is her father's past life lover.

Therefore, logically speaking,
girls, if you got your lover already,
we might be his daughter in the very far far far future.

let's talk about

L O V E

[Let's talk about love 06] #花心

花心，

如果故名思義成花很多心思在別人身上的意思，

那是花一心，花二心，抑或花三心，

就看個人造化了。

至於褒貶，就是沒花我的心，也是不干我的屁事。

＝＝＝＝＝

How many heart(s) you have for other(s)?

kk.

let's talk about

LOVE

[Let's talk about love 07] #本週金牛座

我在百貨公司電視牆上發現，
有所謂 每週每個星座的愛情幸運物 這件事。

金牛座的朋友，

穿 上 你 的 皮 衣 啊 啊 啊～～～

當下接受到這個訊息的我，
身上就扎扎實實地穿著皮衣哪～
Jia 牽著 Yeh 的手好害羞哪哪哪！

天蠍座的朋友我好像看到你們的幸運物是相框，
要不要隨身帶著相框就自己斟酌了。

（但當大家從書中接收到此訊息的同時，
這些幸運物的魔力基本上已蕩然無存）

＝＝＝＝＝

It is a coincidence.

Love mascot for Taurus this week is the leather jacket,
and I wear a leather jacket today.

let's talk about

L♥VE

[Let's talk about love 08] #肉

一位好姐姐說 Yeh 有點像奈米版的張孝全。

這也難怪我身邊的 gay 友人們，
都會悄悄害羞來跟我說 Yeh 好可愛真是他們的菜。

我想好啊反正威脅不到姐那就報 Yeh 知讓他開心，

Yeh 回：「 我是肉，不是菜。 」

呀～這麼霸氣你這塊肉～

＝ ＝ ＝ ＝ ＝

Yeh is the apple in gays' eyes.
（ He takes himself as meat anyways, ok it is complicated to explain. ）

let's talk about
LOVE

ONE SEC.

[Let's talk about love 09] #一秒鐘就愛上

最近有幾個好朋友身邊都多了另外一個人，
是在這個寒冷的季節令人開心火熱熱的事。

雖然好像都不是走 一見鍾情 的 style，
但想跟大家討論 一見「 鐘 」 情 這件事。

有一次 Yeh 在跟我說共同朋友的感情近況，
大意大概是：

聽說這個朋友 一秒鐘就愛上 新對象，
Yeh 覺得超～誇～張～的
什麼 一秒鐘就愛上。

ummm～～～
可是我說：

「 一秒鐘就愛上，不就等於 一見鍾情 的意思嗎 」

然後 Yeh 馬上就被我說服了（覺得自己在語言邏輯上勝利很得意），
一秒鐘就愛上 因為 一見鍾情 的註解瞬間成立。

雖然 一見鍾情 這件事信不信由你見仁見智可遇不可求，
但 Yeh 如此快速被我語言邏輯收編，
應該就是他自己有 一見鍾情 這樣的經驗吧～

哇哈哈哈哈哈哈嘎嘎嘎

嘎

＝ ＝ ＝ ＝ ＝

Love at the first sight.

How long does it take precisely?

Good luck everybody~

let's talk about
L●VE

[Let's talk about love 10] #nipple

很健康的週末和 Yeh 相約 jogging。

結果，
這位大哥他就這樣出門，
說這是在開 free the nipple 的先河。

一路上大家都在看他的尼泊爾，
姐還沒那個種 yet。

= = = = =

These are our jogging outfits.

let's talk about

LOVE

[Let's talk about love 11] #他不是爹我也不是娘

這位是小麋鹿，
這篇的女主角。

當這兩位初次見面，
情況就一發不可收拾。

Yeh 表示：
「 哇～好久沒有被其他女孩子親了， 」
「 好～爽～ 」

by 覺得處處有愛，不分年齡，不限認識時間長短；
但是怎麼樣都不能輸的女友， Jia 。

＝ ＝ ＝ ＝ ＝

Love at the first sight indeed.

What a competitor.

let's talk about
LOVE

[Let’s talk about love 12] #我的背包

Yeh：「 包包我背。 」

Jia：「 很重欸！ 」

Yeh：「 不重我背幹嘛？ 」

Jia（應該只有心裡OS）：「 …… 太帥氣了啦～～～ 」

因為感動熱淚盈眶所以看不清楚於是乎這次就印象派了。

＝＝＝＝＝

For me, my bag is like a giant stone.
For him, a piece of cake.

let's talk about

LOVE

[Let's talk about love 13] #愛心

大家都知道韓國傳來的愛心招吧？

自從看完 Big Bang 演唱會後，

我就不時被這個新招攻擊啊～～～

少女招架不住之 / 沒有兩把刷子 / 比起來絕對彆扭的
韓～式～愛～心～

眨眼是 bonus 。

＝ ＝ ＝ ＝ ＝

Korean love expression.
Talent is required if you wanna control this gesture.

let's talk about
LOVE

[Let's talk about love 14] #西班牙火腿

Yeh：「 我從西班牙買回來的火腿今天到期了。 」

Jia：「 哇～ 」

Yeh：「 那我們禮拜六把它吃一吃。 」

Btw，這天是禮拜三。
Yeh 人真好。

＝ ＝ ＝ ＝ ＝

Yeh invited me to enjoy the ham
he bought from Spain this Saturday,
which has expired already yesterday.
(Today is Wednesday.)

let's talk about
LOVE

[Let's talk about love 15] #永遠的情敵

我一個開門的 mode，
結果嘎一聲，
車門底要巧不巧就卡到（沒設計好的）紅線人行道上……

Yeh 瞬間現代舞上身 mode，
心碎框唧框唧，
久久不能自己。

雖然一切都是我的錯，
但真是的，
都沒看過他為我這樣現代舞 sad sad 的。

＝＝＝＝＝

For man:
car > girlfriend

Car is our enemy ladies!

let's talk about
LVE

[Let's talk about love 16] #瑜珈墊

情境是小倆口在拉一些筋。

Yeh：「 你這個動作是不是需要用瑜珈墊？ 」

Jia：「 對。 」
（望 著 他 身後的瑜珈墊）

Yeh：「 但是瑜珈墊只有一個⋯⋯ : ）」
（望 著 我 end）

＝ ＝ ＝ ＝ ＝

We only have one yoga mat; however,
my dear boy friend would rather rest on it than share it with me.

#沒關係

let's talk about
LOVE

[Let's talk about love 17] #情人節

臺灣在情人節時常常深陷寒流之中，
於是乎讓我想分享一下上次我情人如何面對帝王寒流的英姿。

Yeh 這位哥面對四季，
在冬天的差別就是會加上圍巾和帽子，
扣除掉一件外套裡面還是給我穿短袖這樣。

於是乎面對帝王寒流，
他就會冷。

所以勒，
貼心如我就替他披上我的大衣，
因為我穿太多會熱。

披上然後啊，
我就：「喔喔好帥喔，你這是賭神。」

「不，是梅長蘇。」 by 他。

*編按：梅長蘇是紅翻天古裝劇《 琅琊榜 》男主角，
他 穿 的 袍 子 都 很 帥 ！ ！ ！
有中國大叔淘寶上買了穿在街上但據說是個災難。

希望有無情人的大家有沒有大衣都不要著涼一樣帥。

＝ ＝ ＝ ＝ ＝

#HappyValentinesDay #coat #KeepWarm #是梅長蘇 #不是賭神

[Let's talk about love 18] #又是情人節

前天的 Jia：「 我發現明天是情人節欸。 」

前天的 Yeh：「 欸～～～怎麼又是情人節～～～ 」
（一個言語逃跑的概念）

我也是沒有在暗示什麼啦在那邊緊張什麼呢～
哪來這麼多情人節之希望人人都能情可以堪。
（不用情何以堪）

＝ ＝ ＝ ＝ ＝

#ValentinesDay #Again #OkFine

let's talk about

LOVE

[Let's talk about love 19] #愛

這世間很亂，
我問 Yeh，
臺灣和這世界該怎麼走下去？

他說，
諾蘭電影《星際效應》裡面其實已經給出了答案：
有些超出理智能解決的事情，
只能交給 愛 了。

看似拿電影梗來搪塞我，
但仔細看看四周，
仔細想想方法，
覺得真的是這個 way 了。

愛很難，
但又最簡單。

＝＝＝＝＝

Can love conquer everything?

Christopher Nolan said yes (based on *Interstellar*).

let's talk about
LOVE

［ Let's talk about love 20 ］#汪小飛

Yeh 用了一個很難捉摸的情緒跟我說他遇到的一個情境：

那天他跟中國朋友們吃飯，
要結帳時店經理之類用了非常非常認真的表情問他：

「 請⋯⋯請問你是汪小飛嗎？ 」

我會說難捉摸的情緒就是，
我也不知他這是開心；還是不開心。

因為他應該覺得自己比小汪帥，
所以往這個角度想應該是要不開心；
但是他又好像有點得意的在跟我說這件事，
所以這我也不知道是什麼意思。

我說有人似乎說過我像大S（雖然我並不這麼覺得），
但這位哥似乎因此而更樂。

所以其實我是在畫長得很像汪小飛的男子與長得像大S的女子（誰們啊），
祝福只要長得像汪小飛的男子和長得像大S的女子在一起都可以幸福。
哇嘎嘎嘎超級莫名奇妙 ok bye 〜

= = = = =

This is not my boyfriend, and that is not me.

They are just couple who share the same faces with us.

let's talk about
LOVE

[Let's talk about love 21] #變與不變

兩個人的感情 變了 似乎是所有朋友和情侶都會面臨到的問題。

不過我想說的是，
不可能有人不改變的。

尤其是情侶呀～
兩個人在一起，
如果有心，
一定得為彼此做改變。
只是變得幅度要看怎麼拿捏，
因為也必須保有原本的樣子，
畢竟也是原本的樣子吸引到對方。

講得好像很容易，
家家有本難念的經，
但 Jia 沒有不念喔～

總之 Jia 的經念了是相信只要本心的方向是一樣的，
就算過程中感情的各種變了，
也希望是努力讓這個變是變好才對呀～

我很幸運 Yeh 越變越帥。
祝福身邊的大家。

＝＝＝＝＝

Love is a self-changing journey.
Let's make a good change.

let's talk about

LOVE

[Let's talk about love 22] #驚喜製造

前幾天要去機場的我，
Yeh 事先就說他可以送〜我〜
☺

出發的當天他幫我拿了行李說他來就好，
叫我趕緊去車上坐〜好〜
☺

車駛到了機場他說停去可以信用卡免錢的地方，
我想說果然是依依不捨要送我機送久一點，
心裡也是準備跟他在道別那刻要淡淡憂傷說你能一起該有多〜好〜
☺

結果，
Yeh 跟趴車大哥說的取車時間好像不是當天，
但我耳朵不好我想說不〜會〜吧〜

然後，
到後車廂拿行李一看，
竟然是真〜的〜啊〜
難怪稍早喬行李喬這麼久啦原來還有另外一箱〜〜〜

總之，
本來我以為是 Yeh 送機的行程結果竟然變成他跟我一起飛〜〜〜

我只能說不虧是驚喜製造哥。
難怪行李說他放後車廂就好，
真是步步驚喜舖陳好浪漫喔，
我好感動好花癡喔姆哈哈哈〜

＝ ＝ ＝ ＝ ＝

I thought Yeh will just drive me to the airport;
however, he ended up taking the flight with me.

My romantic surprise-creating boyfriend.

[Let's talk about love 23] #換名稱

如果你們剛剛都在這本書裡蹓躂，
就會知道我常拿 Yeh 來說他三道我四。
（廢話哈哈哈）

總之之後我還是會繼續五四三我倆的事，
只是我們身份有點轉變，
所以未來我繼續叫他男友有點不合時宜，
因此覺得要來跟一路看著我們五四三的大家 update 一下：

就是呀，
這位哥在巴黎給我跪～啦～

不過，
跪與不跪都是小事，
有無鑽戒都不重要（因為沒有）。

真心感動感謝的是在身邊的這個人，
能一起成長，能讓彼此流淚、能陪伴彼此笑。

好啦～
所以這陣子男友一詞將會升級成未婚夫，
真是不習慣哪哇哈哈～

好，大概是這樣，
感恩感恩。

=====

The norm " Boy friend " is upgraded.

#YesWeDo

[Let's talk about love 24] by Yeh

談戀愛，
簡單啦！

Hello Design 叢書 HDI0017

Let's Talk About Love

談 戀 愛
【 # 簡 單 啦 】
：JIA＆YEH的愛情五四三

作　　者—jiajiach
主　　編—CHIENWEI WANG
美術設計—jiajiach
執行企劃—Hsiaohan Huang
董事長・總經理—趙政岷
總編輯—余宜芳
出版者—時報文化出版企業股份有限公司
10803台北市和平西路三段240號3樓
發行專線—(02)2306-6842
讀者服務專線—0800-231-705・(02)2304-7103
讀者服務傳真—(02)2304-6858
郵撥—19344724時報文化出版公司
信箱—台北郵政79-99信箱
時報悅讀網—http://www.readingtimes.com.tw
法律顧問—理律法律事務所　陳長文律師、李念祖律師
印　　刷—和楹印刷有限公司
一版一刷—2017年03月03日
定　　價—新台幣320元

國家圖書館出版品預行編目(CIP)資料

談戀愛【#簡單啦】：JIA&YEH的愛情五四三 / jiajiach著.
-- 一版. -- 臺北市：時報文化, 2017.03
60面；17X17公分. -- (Hello Design叢書；HDI0017)
ISBN 978-957-13-6908-2(平裝)

855   106001308

♣ 時報文化出版公司成立於一九七五年，並於一九九九年股票上櫃公開發行，於二〇〇八年脫離中時集團非屬旺中，以「尊重智慧與創意的文化事業」為信念。

ISBN 978-957-13-6908-2
Printed in Taiwan